¿Dónde están las arañas?

Lada Josefa Kratky

D0503754

NATIONAL GEOGRAPHIC LEARNING | CENGAGE Learning®

una araña en una

una araña en una 

una araña en una 

una araña en una

una araña en una 

una araña en una 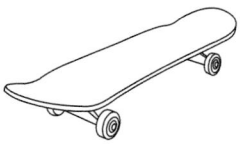

una araña en una